HORSE CLUB™

Rätsel um Princess

von Emma Walden

Weitere Bücher aus dieser Reihe:

Das Geheimnis um Lakeside

Turnierträume

Spuren im Wald

Der große Tag

Die goldenen Schlüssel

Rätsel um Princess

von Emma Walden

Das ist AMEET-Qualität

Bevor wir ein Buchprogramm planen und die einzelnen Bücher entwickeln, besuchen wir unsere kleinen Leser und ihre Eltern zu Hause.

Wir wollen wissen, was Kinder lieben, was sie cool finden, was sie erwarten, wenn sie ein Lese- oder Rätselbuch in den Händen halten. Denn unser Verlag hat sich auf die Fahnen geschrieben, der Verlag zu sein, der am besten weiß, was Kinder wollen.

Die Quelle unserer Erkenntnisse bezüglich Lesererwartungen und ihrer Vorlieben sind professionelle Interviews, die wir regelmäßig mit Kindern und ihren Eltern durchführen. Die Ergebnisse fließen direkt in die Konzeptionierung unserer Buchreihen und Einzeltitel ein.

Das garantieren wir Ihnen:

- Bücher, mit Kindern entwickelt
- Bücher, von Eltern getestet
- Bücher, die Kinder cool finden und gleichzeitig Elternbedürfnisse erfüllen

Wir möchten für Sie immer besser werden:

Sollten wir mit diesem Buch Ihre Erwartungen nicht erfüllen, lassen Sie es uns bitte wissen! Wir freuen uns auf Ihre Kritik und Ihr Lob! Nehmen Sie einfach Kontakt zu uns auf und schreiben Sie uns, gern auch per E-Mail an ameet@ameet.de.

Ihr
AMEET VERLAG
Destouchesstraße 68
80796 München

Produziert von AMEET Sp. z o.o.,
lizenziert durch die Schleich GmbH.

AMEET Verlag GmbH
Destouchesstraße 68
80796 München
Deutschland
www.ameet.de

Please keep the AMEET Verlag address for future reference.
AMEET Verlag Adresse bitte aufbewahren (Herstellerangabe).

Titel der englischen Originalausgabe: Following Dreams
Text: Emma Walden
Übersetzung: Doris Attwood
Umschlag und Innenillustrationen: AMEET Studio
Lektorat: Nina Pühl

ISBN 978-3-96080-245-7

Inhalt

Tierisch beste Freundinnen 7

Zickenalarm 19

Klubtreffen im Hauptquartier 27

Hannahs Geheimnis 39

Eine Überraschung, die sich gewaschen hat 53

Geplatzte Träume 65

Schreckliche Neuigkeiten 75

Tierärztinnen im Einsatz 87

Die miesesten Spione aller Zeiten 99

Mission erfüllt! 113

Tierisch beste Freundinnen

Das Sonnenlicht flutete die offene Küche im Haus der Familie Kramer auf dem Lakeside-Pferdehof. Hannah stürmte mit ihrer ungestümen, aber liebenswürdigen Hündin Ruby herein. »Wir spielen später weiter«, versicherte sie ihr und warf Rubys heißgeliebten Ball zurück in ihr Körbchen.

Ruby neigte den Kopf zur Seite und machte ein furchtbar trauriges Gesicht. »Nein! Nein!«, rief Hannah und verdeckte mit einer Hand lachend ihre Augen. »Guck mich nicht so an! Wir spielen später weiter, versprochen!«

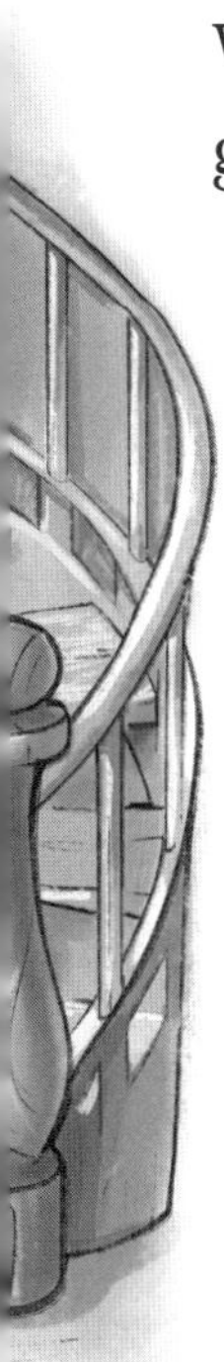

Ruby schien jedes Wort zu verstehen. Sie stupste Hannah mit der Schnauze an und wurde dafür ein letztes Mal hinter den Ohren gekrault. Dann trottete Ruby zufrieden wieder auf den Hof hinaus, um nachzuschauen, was die anderen so trieben.

Im selben Moment kam Caro Kramer, Hannahs Mutter, die Treppe herunter. »Hannah, es tut mir so leid. Aber ich muss heute doch arbeiten«, sagte sie und band ihr Haar zu einem Pferdeschwanz zusammen. »Ich wurde gerade zu einem Notfall auf einem Bauernhof gerufen. Ein Hund hat sich verletzt. Ich werde erst am späten Nachmittag wieder zurück sein. Ich fürchte, wir werden das mit dem Backen verschieben müssen.« Caro war Tierärztin. Neben ihrer Arbeit in der Praxis im Dorf unterhielt sie einen eigenen mobilen Notfalldienst mit einem voll ausgestatteten Notarztwagen.

»Schon okay, Mum«, erwiderte Hannah. »Seit ich in der Praxis aushelfe, weiß ich erst recht, wie wichtig deine Arbeit ist. Ich könnte auch nie Nein sagen, wenn ein krankes Tier meine Hilfe braucht. Außerdem bin ich sowieso mit meinen Freundinnen verabredet. Emily will uns irgendetwas zeigen. Sie hat wohl eine neue Idee, die dem Café noch etwas Geld einbringen könnte. Aber sie will uns erst mehr darüber sagen, wenn wir alle dort sind.«

Die schüchterne Emily kümmerte sich in Lakeside um die Pferde und half nebenbei im *Cups and Saddles*-Reitercafé aus. Auch ihr Bruder Tom arbeitete auf dem Hof und im Café. Ihm fiel es viel leichter, auf Menschen zuzugehen und mit ihnen ein Gespräch anzufangen als seiner Schwester, doch er liebte

Tiere mindestens genauso sehr wie sie. Beide taten alles, um das *Cups and Saddles* so pferdefreundlich wie möglich zu machen. Hannah und ihre Freundinnen schauten bei ihren Ausritten gerne dort vorbei und ließen sich einen Smoothie oder einen Muffin schmecken. Hannah war sich ziemlich sicher, dass es bei Emilys neuer Idee ebenfalls um Pferde ging, und war schon sehr gespannt darauf.

Caro wühlte mit hektischer Miene und tiefen Stirnfalten durch das Chaos auf dem Tisch bis Hannah einen Stapel Pferdezeitschriften hochhob und ihren Schlüsselbund darunter fand. »Suchst du die hier?«, fragte sie mit breitem Grinsen.

»Was würde ich nur ohne dich tun?«, lachte Caro, nahm ihr die Schlüssel ab und drückte Hannah an sich. An der Tür blieb sie noch einmal stehen und fragte: »Oh, kommt Lisa auch ins Café?«

Hannah nickte. »Ja, wir alle. Sofia und Sarah auch, und ihre Pferde.« Beinahe hätte sie hinzugefügt: »Also der komplette Horse Club«, biss sich aber noch rechtzeitig auf die Zunge. Hannah, Lisa, Sofia und Sarah hatten gemeinsam mit ihren Pferden Cayenne, Storm, Blossom und Mystery den Horse Club gegründet. Kurz zuvor hatten sie eine geheimnisvolle Schatzkiste und eine alte Landkarte gefunden, die sie zu einem versteckten Wohnwagen geführt hatte. Er diente nun als ihr Geheimversteck. Sie hatten einander geschworen, ihren besonderen Klub geheim zu halten.

»Gut«, sagte Caro. »Tori Michaels kommt heute Morgen her, um auf dem Reitplatz ein paar Sprünge zu üben. Ich weiß, dass Lisa und Storm vor den regionalen Meisterschaften im Springreiten auch noch viel trainieren müssen, aber Tori will den Parcours heute für sich alleine. Ihr Vater hat mich gestern angerufen und sich darüber beschwert, dass sie ihn mit anderen teilen muss.«

Hannah verdrehte die Augen. »Typisch Tori«, stöhnte sie. »Und Mr Michaels.«

»Ich würde ihm ja gerne sagen, dass er für Tori einen anderen Hof finden soll, auf dem sie trainieren kann«, fuhr Caro fort, »aber wir brauchen das Geld. Schließlich hat dein Vater vor, den Hof zu vergrößern und eine Springreit-Akademie zu eröffnen. Da können wir es uns nicht leisten, ihn zu verärgern.«

»Das verstehe ich«, versicherte Hannah. »Und Lisa auch. Sie und Storm trainieren so viel, sie werden die Meisterschaft sowieso gewinnen.«

Hannah und Caro traten gemeinsam in den Sonnenschein hinaus. Dann stieg Caro in ihren Notarztwagen, während Hannah die Einfahrt zu den Ställen überquerte. Sofia war bereits dort und bürstete die Mähne der wunderschönen Andalusier-Stute Blossom. Die beiden hatten durch eine Reitbeteiligung zueinandergefunden. Dann entdeckte Hannah auch Sarah. Sie stand vornübergebeugt und kratzte einen Huf ihrer hübschen Palomino-Stute Mystery aus.

Hannah schnappte sich einen Halfter von einem der Haken und holte Cayenne von der nahen Koppel. Lisa wartete schon auf sie. Ihr glänzend schwarzer Hannoveraner-Wallach Storm scharrte ungeduldig auf dem Boden.

Lisa winkte Hannah zu und Cayenne wieherte fröhlich, als er sie entdeckte. Er trottete mit wehender Mähne und aufgestellten, wachsamen Ohren zum Gatter. Hannah musste unweigerlich kichern, streichelte seine Stirn und legte ihm den Halfter um. »Wir beide sind uns ähnlich, was, mein Junge?«, schmunzelte sie. »Immer bereit, die Welt zu erobern.«

»Storm will auch am liebsten auf und davon«, sagte Lisa. »Aber ich habe ihm gesagt, dass er Cayenne nicht alleine lassen darf.«

»Danke, Lisa!« Hannah lächelte ihre Freundin an. Dann tätschelte sie auch Storms glänzenden Hals. »Und danke dir, Champion.« Er wieherte und warf den Kopf in den Nacken. Die Mädchen lachten. »Du weißt, wie schön du bist, stimmt's?« sagte Lisa. »Und talentiert bist du auch. Du bist das beste Springpferd in Lakeside. Ganz egal, was Tori behauptet. Aufgeben ist einfach nicht dein Ding.«

Kurz darauf waren die vier Freundinnen und ihre Pferde auf dem Hof vereint. Die Tiere futterten Heu, während die Mädchen sie gründlich striegelten.

»Ich kann es gar nicht erwarten, im Café mehr über Emilys Idee zu erfahren«, sagte Sarah.

»Ich auch nicht«, stimmte Hannah ihr zu. »Ich wette, sie ist richtig toll.«

»Warum striegelst du Storm eigentlich?«, fragte Sofia Lisa scherzhaft. »Er sieht doch sowieso schon perfekt aus.«

»Es ist gut für seine Muskeln. Außerdem sehe ich dabei sofort, ob er irgendein Problem hat«, antwortete Lisa. Sie nahm das Springreiten sehr ernst und merkte manchmal gar nicht, wenn jemand einen Witz darüber machte. Als sie jedoch Sofias Grinsen bemerkte, sagte sie: »Oh, ach so. Na, du hast schließlich gefragt!«

»Auf einem Palomino sieht man jedes kleine bisschen Dreck«, warf Sarah ein. Mit kreisenden Bewegungen des Gummistriegels bürstete sie den Schlamm aus Mysterys Fell.

»Immer noch besser als ein weißes Pferd«, gab Sofia zurück. »Aber das stört mich nicht, schließlich bin ich gerne mit Blossom zusammen und striegele sie.«

»Ich weiß«, erwiderte Hannah. »Und Blossom scheint es auch zu gefallen. Cayenne und mir reicht allerdings meistens eine Katzenwäsche.«

»Ihr tobt ja auch am liebsten wie bei einem Wildwest-Rodeo durch die Gegend!«, sagte Lisa.

Cayenne nickte energisch mit dem Kopf und brachte die Mädchen zum Lachen. »Du hast es erfasst«, bestätigte Hannah grinsend.

Zickenalarm

Sofias Lachen verstummte, als sie Tori Michaels durch das Haupttor reiten sah. »O-oh!«, stieß sie hervor.

Tori ritt auf Princess, ihrer hell glänzenden schwarzen Stute, und wirkte sogar noch hochnäsiger als sonst. Tori und Princess sahen wie immer perfekt aus. Tori trug einen sehr schicken schwarz-weißen

Blazer, eine weiße Reithose und kniehohe braune Reitstiefel.

»Ich finde ihre Jacke echt schön«, flüsterte Sofia ihren Freundinnen zu. Sie liebte Mode und achtete immer darauf, was andere anhatten. »Aber das werde ich ihr natürlich nicht sagen«, fügte sie hinzu.

»Nein, sie ist schon eingebildet genug«, erwiderte Hannah ebenso leise. Sie hatte ihrer Mutter versprochen, nett zu Tori zu sein. Mr Michaels war ein wichtiger Kunde für den Pferdehof und sehr einflussreich. Wenn er sich über Lakeside beschwerte, konnten sie dadurch im schlimmsten Fall andere Kunden verlieren.

»Vielleicht ist sie nur so fies, weil ihr Vater ihr das beigebracht hat«, meinte Sarah, die immer das Beste in den Menschen sehen wollte. »Bestimmt ist sie tief im Innern ganz anders.«

Aber Hannah verschränkte nur die Arme und schüttelte ihren Rotschopf. »Glaub mir, sie ist im Innern genauso furchtbar wie von außen«, schnaubte sie.

Tori war inzwischen in Hörweite. Damit sie die Freundinnen nicht belauschen konnte, rief Sofia fröhlich: »Hi, Tori! Das ist aber ein schöner Sattel. Ist der neu?«

»Ja. Der beste, den es gibt. Und sehr teuer«, antwortete Tori und schenkte Hannahs Augenrollen bei ihrer Bemerkung keine Beachtung. »Ich war noch nicht zur letzten Anprobe beim Sattler, aber ich finde, Princess sieht damit fantastisch aus.«

»Es geht aber nicht nur ums Aussehen«, erwiderte Lisa. »Es geht darum, wie er sich beim Reiten anfühlt.«

Tori machte eine abfällige Handbewegung, bei der ihre perfekt gefeilten, pink lackierten Fingernägel kurz aufleuchteten. »Du bist ja nur neidisch«, sagte sie, »weil Storm mit diesem alten, abgenutzten Sattelzeug vorliebnehmen muss. Aber dir ist ja bestimmt egal, was die Mädchen beim Wettkampf hinter deinem Rücken sagen.«

Lisa ballte vor Wut die Fäuste. »Storm mag seinen vertrauten alten Sattel«, blaffte sie Tori an. »Und ich auch.«

Tori wirkte richtig begeistert darüber, dass sie Lisa aus der Fassung gebracht hatte. Sie war bei den Springreit-Turnieren immer ihre allerstärkste Konkurrentin.

Meistens hatte Lisa jedoch die Nase vorn, auch wenn Tori keine Gelegenheit ausließ, Lisas Selbstvertrauen zu erschüttern.

Hannah betrachtete aufmerksam, wie der Sattel auf Princess' Rücken saß. »Wenn du ihn noch nicht richtig hast anpassen lassen, ist er für Princess vielleicht unangenehm zu tragen.«

Doch Tori ignorierte sie, ließ den Blick über die vier Freundinnen schweifen und erwiderte arrogant: »Es mag ja sein, dass diese alten Dinger für eure Pferde gut genug sind. Aber Princess ist eine erstklassige Stute und braucht das Beste vom Besten. Daddy und ich geben ihr jetzt auch immer dieses fabelhafte neue Futter, zwei Mal am Tag. Es kostet ein Vermögen, aber sie ist es wert. Bei der regionalen Meisterschaft wird sie in Topform sein.«

»Du weißt aber schon, dass man das Futter bei Pferden nach und nach umstellen muss, oder?«, fragte Hannah.

»Wo hast du das denn gehört?«, zischte Tori sie an, wirkte jedoch ein wenig erschrocken.

»Das hat meine Mutter mal jemandem geraten. Ich war zufällig dabei«, antwortete Hannah. »Die Besitzerin hatte das Pferd gerade aus der Tierauffangstation geholt. Sie hatte noch keine Erfahrung mit Pferden und wollte nichts falsch machen.«

»Dann war sie also das genaue Gegenteil von dir«, revanchierte sich Lisa für Toris gemeine Bemerkung über Storms Ausrüstung.

»Nur, weil deine Mutter Tierärztin ist, bist du selbst noch lange keine«, erwiderte Tori verächtlich.

Hannah lief vor Wut feuerrot an und wollte gerade etwas zurückgeben. Aber Sarah warf ihr einen beruhigenden Blick zu, der sagte: Lass es gut sein. Sie ist es nicht wert.

Tori schaute auf ihre teure Armbanduhr und fügte hinzu: »Tja, wir müssen los. Einige von uns halten sich eben strikt an ihren Trainingsplan.«

»Wir machen erst mal einen Ausritt durch den Wald«, erwiderte Sarah, um den Frieden zu wahren. »Dann treffen wir uns mit Emily im *Cups and Saddles*«,

»Na, wenn ihr Zeit habt, faul rumzuhängen ...«, murmelte Tori. Dann reckte sie die Nase wieder in die Luft und trabte auf Princess davon.

Hannah und Lisa konnten nicht lange sauer bleiben. Vor allem nicht, als Sofia Toris Abgang teuflisch gut nachspielte – inklusive Nase in der Luft. Die Mädchen prusteten vor Lachen und steckten damit sogar die Pferde an, deren fröhliches Wiehern zu noch mehr Gelächter führte.

»Satteln wir auf, und dann ab ins Café«, schlug Hannah schließlich vor, nachdem sie sich wieder etwas beruhigt hatten. »Nach dieser Begegnung mit Tori könnte ich einen Smoothie vertragen.«

»Ich auch«, stimmte Sarah ihr zu. »Aber ich habe noch eine Überraschung für euch. Könnten wir vorher kurz in unserem Geheimversteck vorbeischauen?«

»Dem Horse Club-Wohnwagen!«, flüsterte Lisa.

Sofia liebte Sarahs ungewöhnliche Ideen besonders. Ihre Augen leuchteten vor Aufregung. »Oh, bitte, sag uns, was es ist!«

Sarah grinste. »Nein. Erst, wenn wir da sind«, erwiderte sie. »Und jetzt lasst uns losreiten!«

Klubtreffen im Hauptquartier

Kurz darauf hatten die Mädchen ihre Pferde gesattelt und trabten vom Hof. Sie folgten dem Reitweg, der sich durch Lakeside schlängelte. Er führte auch an dem Feld mit den Shetlandponys vorbei. Die kleinen Vierbeiner versammelten sich gleich munter am Zaun, in der Hoffnung, ein paar Leckereien von den Mädchen zu ergattern.

»Oh, sie sind so süß. Und lustig!«, rief Sarah. »Ich wünschte, ich wäre noch so klein wie Mia, dann könnte ich auch auf ihnen reiten.« Hannahs kleine Schwester Mia winkte ihnen von der anderen Seite des Zaunes aus zu. Sie trottete auf ihrem geliebten Shetlandpony Spotty über das Feld. Die anderen winkten zurück.

Am Waldrand verengte sich der Pfad und sie trabten eine Weile an den Bäumen entlang. An einer Stelle war der Zaun beschädigt. Sie vergewisserten sich, dass sie niemand beobachtete. Dann ritten sie auf dem überwucherten Pfad in den Wald hinein bis zum Geheimversteck des Horse Clubs.

Als sie den Wohnwagen damals entdeckt hatten, hatte er ziemlich heruntergekommen ausgesehen. Doch die Mädchen hatten sich davon nicht abschrecken lassen. Vor allem, weil es schien, als sei er vor Jahren schon einmal von einer Gruppe pferdeverrückter Freundinnen genutzt worden. Ein paar ihrer alten Sachen, mehrere Führstricke und Rosetten, befanden sich noch immer im Wohnwagen. Die Mädchen hatten ihn mithilfe einer vergilbten Karte aufgespürt, die sie wiederum in einer alten Holzkiste mit den Buchstaben H C auf dem Deckel entdeckt hatten. So hatte mit dem Horse Club alles angefangen.

Heimlich hatten die Freundinnen den Wohnwagen mit ein wenig Farbe, weichen Kissen und fleißigem Putzen verschönert und in einen urgemütlichen Platz für ihre geheimen Klubtreffen verwandelt. Es hatte ungeheuren Spaß gemacht, die Sachen in einer abgedeckten Schubkarre in den Wald zu schmuggeln, ohne dabei gesehen zu werden.

Sofia hatte die Wände mit wunderschönen Zeichnungen von ihnen allen verziert. Außerdem hatten sie den Wohnwagen mit den alten Fotos und der Fahne dekoriert, die sie ebenfalls in der Kiste gefunden hatten. Er war der perfekte Treffpunkt für den Horse Club.

Auch ihre Pferde hatten sie natürlich nicht vergessen: Lisa und Hannah hatten mit einer

Schubkarre eine riesige Wassertonne zum Wohnwagen gekarrt und im Schatten der Bäume aufgestellt. Rund um den Wohnwagen wuchs jede Menge saftiges Gras, das sich

die Tiere nach Herzenslust schmecken lassen konnten. So waren auch die vierbeinigen Mitglieder des Horse Clubs gut versorgt.

»Also, was ist das denn jetzt für eine Überraschung?«, fragte Sofia ungeduldig und betrat den Wohnwagen.

Hannah folgte dicht hinter Sofia. Ihr Herz pochte vor Aufregung. »Ja, jetzt sag schon, Sarah«, drängte sie. »Lass dir doch nicht alles so aus der Nase ziehen.«

Sarah sah sie mit geheimnisvoller Miene an. »Lisa fehlt noch«, erwiderte sie mit breitem Grinsen.

Wie aufs Stichwort stolperte Lisa in den Wohnwagen und warf ihren Rucksack auf den Tisch. Sie öffnete den Reißverschluss und holte die Thermoskanne mit heißer Schokolade heraus, die sie immer mit nach Lakeside

brachte – egal bei welchem Wetter. »Davon bekommt keiner etwas, bevor du uns nicht erzählt hast, was los ist!«, verkündete sie.

Sarah lachte. »Okay, schon gut.« Sie stellte sich auf die Zehenspitzen, um den Schrank über dem Spülbecken zu öffnen, und holte vier rosa gepunktete Tassen heraus.

»Das ist aber nicht deine Überraschung, oder?«, fragte Sofia.

Sarah lehnte sich so weit vor, wie sie konnte, und tastete tiefer in den Schrank. »Ah! Hier ist es!«, verkündete sie schließlich. Die anderen Mädchen beobachteten aufgeregt, wie sie ein wunderschönes Notizbuch hervorzauberte und auf dem Tisch ablegte.

»Cool!«, stieß Hannah aus und schlug es auf. Sie blätterte durch die Seiten und fügte dann enttäuscht hinzu: »Aber das ist ja leer!«

»Na ja, noch ist es leer«, sagte Sarah. »Aber nicht mehr lange. Ich finde, wir brauchen unser eigenes geheimes Horse Club-Tagebuch. Wir können hineinschreiben, was wir erlebt haben und wohin wir ausgeritten sind. Unsere Besuche bei Mr Shah in der Tierauffangstation und solche Sachen. Und wir können besondere Ereignisse darin festhalten. Zum Beispiel, dass Lisa letzte Woche das Springreit-Turnier gewonnen hat.«

»Oooh, was für eine tolle Idee!«, freute sich Lisa.

»Finde ich auch«, stimmte Hannah ihr zu.

»Wir könnten auch Fotos und Bilder einkleben«, schlug Sofia vor. »Ich könnte ein Porträt von uns allen auf die erste Seite zeichnen. Und dann unterschreiben wir alle, damit das Buch wirklich uns gehört.«

»Super Idee!«, fand Sarah. Sofia hatte bereits

ihren Zeichenblock und die Buntstifte aus einer Schublade geholt.

»Vielleicht sollten wir auch ein bisschen was über uns selbst und unsere Pferde

reinschreiben. Das würde doch sehr gut zu Sofias Zeichnung passen«, schlug Lisa vor. »Wir könnten damit anfangen, was wir mal werden wollen, wenn wir groß sind.«

Hannah lächelte. »Ich weiß schon ganz genau, was du schreiben wirst«, erwiderte sie, während Lisa sich das Tagebuch schnappte. »Genau«, fügte sie hinzu und las den Eintrag über Lisas Schulter gebeugt mit. »Weltklasse-Springreiterin.«

»Das ist echt toll!«, freute sich Sarah. »Ich möchte als Nächste.« Sie zog das Tagebuch zu sich heran, begann zu schreiben und sprach die Worte dabei laut mit.

»Reitlehrerin?«, fragte Lisa erstaunt. »Das wusste ich ja gar nicht, Sarah. Aber du wärst bestimmt eine super Lehrerin – du bist immer so geduldig.«

»Ja, finde ich auch«, stimmte Sofia ihr zu und zeichnete fröhlich weiter.

Hannah hatte den Mund gerade voller heißer Schokolade und konnte nur eifrig nicken.

»Danke«, sagte Sarah. »Ich weiß, dass ich nicht gut genug bin, um Profireiterin zu werden wie Lisa. Aber ich will auf jeden Fall mein Leben lang mit Pferden arbeiten.«

»Am liebsten würde ich es mit Storm bis zu den Olympischen Spielen schaffen«, gab Lisa zu.

»Das schafft ihr bestimmt!«, erwiderte Sofia. »Und wir unterstützen euch dabei. Darum geht's beim Horse Club schließlich.« Sie drehte sich zu Hannah um. »Und was ist mit dir, Hannah?«

Hannah schien mit einem Mal sehr durstig zu sein und trank ihre heiße Schokolade in einem Zug aus. Als sie jedoch sah, dass ihre drei Freundinnen sie erwartungsvoll anschauten, wurde ihr klar, dass sie die Antwort nicht länger hinauszögern konnte.

Hannahs Geheimnis

»Ich möchte euch das nicht sagen«, gestand Hannah. »Mein Ziel ist ziemlich ehrgeizig. Und um ehrlich zu sein, glaube ich selbst nicht, dass ich das Zeug dazu habe.«

»Natürlich hast du das, was immer es auch ist«, ermutigte Lisa sie. »Du schaffst alles, was du willst!«

»Ich wette, du willst Stuntfrau werden, stimmt's?«, fragte Sarah begeistert. »Das würde so gut zu dir passen.«

Hannah lächelte, schüttelte jedoch den Kopf.

»Willst du dann vielleicht Abenteuerferien mit Pferden organisieren?«, riet Lisa.

»Oder mit Cayenne einfach abhauen und dich einer Wildwest-Show anschließen?«, warf Sofia ein. »Stellt euch das mal vor!«

»Vielleicht machen wir das ja wirklich für eine Weile«, scherzte Hannah. »Aber nein, das ist es auch nicht.«

»Oh, jetzt komm schon! Sag es uns!«, bettelte Lisa.

»Das werde ich, wenn …« Hannah brach den Satz ab und überlegte kurz. »Wenn ihr alle auf dem Weg zum Café mit mir über die umgestürzten Baumstämme springt!«

»Ist das dein Ernst?«, fragte Sarah.

»Ja. Ihr müsst alle den Sprung meistern.«

»Auch Sofia?«, wollte Lisa wissen. Sofia liebte das Reiten, aber nicht das Springen. Sie und Blossom bummelten lieber gemütlich durch die Gegend.

»Ja, auch Sofia«, antwortete Hannah. »Es kann schließlich nicht schaden, sich hin und wieder ein bisschen herauszufordern.«

»Sofia?«, rief Sarah und wedelte mit einer Hand vor ihrem Gesicht herum. Wie so oft beim Zeichnen schien sie mit offenen Augen zu träumen.

»Auch Sofia, was?«, fragte sie schließlich und alle mussten lachen.

Hannah und Lisa sprangen auf und konnten es kaum erwarten, wieder draußen bei ihren Pferden zu sein. »Hey, wartet noch!«, bat Sarah. »Sofia, du musst auch noch aufschreiben, was du mal werden willst, wenn du groß bist.«

Sofia lächelte. »Oh, aber ich kann mich unmöglich nur für eine Sache entscheiden«, erwiderte sie, trank einen großen Schluck von ihrer heißen Schokolade und leckte sich über die Lippen. »Künstlerin, Designerin, Stylistin, Illustratorin ... Oh, ich weiß!« Sie zog das Tagebuch zu sich heran und schrieb: Wenn ich groß bin, werde ich ... Sofia!

»Na, die bist du doch schon!«, kicherte Lisa. »Und jetzt komm, du musst über ein paar Baumstämme springen!«

Sofia sprang von ihrem Stuhl auf, einen sehr verdutzten Ausdruck auf dem Gesicht. »Was?!«, rief sie aus. »Wer hat denn irgendwas von über Baumstämme springen gcsagt?«

»Hannah!«, erklärte Sarah ihr und schlang einen Arm um Sofias Schultern. »Dann verrät sie uns, was sie werden will, wenn sie groß ist!«

Die Mädchen halfen sich gegenseitig beim Aufsteigen – abgesehen von Hannah, die sich problemlos in Cayennes Sattel schwang.

»Stuntfrau, ganz eindeutig«, sagte Lisa. »Das wäre der perfekte Beruf für dich.«

Sie folgten wieder dem breiteren Reitweg, der sich durch den Wald schlängelte. Sofia und

Blossom genossen den entspannten Trab, die Ruhe und das Gezwitscher der Vögel. Ab und zu beugte sich Sofia vor und wuschelte liebevoll durch Blossoms Mähne. Hannah und Lisa hatten jedoch ganz andere Vorstellungen von einem perfekten Ausritt durch den Wald. Sie konnten einem Wettrennen nie widerstehen. Sobald der Weg breit genug wurde, trieben sie

Cayenne und Storm zum Galopp an und verschwanden kurz darauf hinter der nächsten Biegung. Alles, was sie hinterließen, war der aufspritzende Matsch unter den Hufen der Pferde.

»Na toll!«, stöhnte Sarah, als die Schlammspritzer ihr entgegenflogen. »Es hat ewig gedauert, bis ich Mystery heute Morgen sauber

hatte.« Aber sie lächelte dabei, denn sie konnte ihren Freundinnen deswegen nicht wirklich böse sein. »Wie wär's mit einem gemütlicheren Tempo?«, rief sie Sofia zu, die ihr freudig zunickte. Die beiden fanden schnell einen gemeinsamen Schritt und trotteten gemächlich hinter den anderen her.

Einige Minuten später trafen Sofia und Sarah Hannah und Lisa hinter einer weiteren Wegbiegung auf einer Lichtung wieder. Die beiden wechselten sich damit ab, über mehrere umgestürzte Baumstämme zu springen. Sie waren im vergangenen Winter zersägt, bislang aber noch nicht von den Waldarbeitern abgeholt worden.

»Dein Winkel war viel zu spitz«, sagte Lisa lachend, als Cayennes linker Hinterhuf einen der dicken Baumstämme streifte.

»Ich brauche keine Trainerin, vielen Dank!«, rief Hannah.

»Aus dem Weg, Mädels!«, warnte Sarah. »Mystery und ich springen über drei nacheinander!« Tatsächlich schwebte sie auf ihrem Pferd federleicht über den nächstgelegenen Baumstamm. Dann vollführten sie eine elegante Wende und sprangen über zwei kleinere Stämme wieder zurück. Mystery war nun genauso schlammverspritzt wie Storm und sogar Cayenne.

Sarah strahlte und tätschelte ihrem Pferd den Hals, während Lisa ihr begeistert zujubelte. »Gut gemacht, Sarah! Du und Mystery, ihr habt in der letzten Zeit viel Selbstvertrauen gewonnen. Und wir sind Hannahs großem Geheimnis noch einen Schritt näher.«

»Und jetzt du, Sofia!«, forderte Hannah sie auf. »Zeig uns, was du kannst.«

Sofia betrachtete unschlüssig die Baumstämme. Sie schien nach dem kleinsten von allen zu suchen. »Ähm, ich bin mir nicht sicher, ob ich das schaffe. Die sind ziemlich groß«, sagte sie schließlich.

»Du musst nicht springen, wenn du nicht willst«, beruhigte Sarah sie. »Stimmt's, Hannah?«

»Natürlich nicht«, versicherte Hannah ihr. Sie wollte ihre Freundin auf keinen Fall dazu zwingen, wenn sie sich so unsicher fühlte.

»Doch, ich will es auf jeden Fall probieren«, erwiderte Sofia entschlossen. »Aber ich brauche ein bisschen Unterstützung.«

»Kein Problem«, sagte Lisa. »Wenn du willst, springe ich mit Storm zuerst. Das gibt Blossom bestimmt mehr Selbstvertrauen.«

»Gute Idee! Danke!« Sofia nahm die Zügel und all ihren Mut zusammen. Lisa trabte

voraus und sie folgte ihrem Tempo. Nach einer Weile wechselten sie in den Galopp – und im nächsten Moment sprang Blossom auch schon hinter Storm über den Stamm. Alles hatte perfekt geklappt!

»Das war großartig, Sofia!«, jubelte Hannah.

Sofia grinste ihre Freundinnen an. »Danke! Ohne euch hätte ich das nicht geschafft. Aber jetzt bist du dran, Hannah! Raus mit der Sprache!«

Die Mädchen trotteten wieder gemeinsam den Pfad entlang. »Na schön«, begann Hannah. »Ich möchte wirklich gerne Tierärztin werden wie meine Mum. Ich habe in letzter Zeit ein paarmal in der Praxis ausgeholfen. Seither weiß ich, dass ich genau das machen will.«

»Das ist ja großartig!«, fand Lisa.

»Warum hast du uns das denn nicht gleich gesagt?«, wollte Sarah wissen.

»Na ja, wie schon gesagt: Ich bin mir einfach nicht sicher, ob ich wirklich das Zeug dazu habe«, gestand Hannah und errötete ein wenig. »Die ganzen Berufe, die ihr für mich vorgeschlagen habt, waren eher wild und abenteuerlich. Aber als Tierärztin muss man einen kühlen Kopf bewahren und sehr gut organisiert sein – das genaue Gegenteil von mir!«

Als keine ihrer Freundinnen etwas erwiderte, fügte sie hinzu: »Seht ihr, ihr denkt auch alle, dass ich eine schreckliche Tierärztin wäre!«

»Nein, das denken wir ganz und gar nicht«, beteuerte Lisa. »Du liebst Tiere, richtig? Das ist schließlich das Allerwichtigste.«

»Ja«, erwiderte Hannah ernst. »Ich würde alles tun, um einem Tier in Not zu helfen.«

»Na, dann hast du auch das Zeug zu einer guten Tierärztin. Und alles andere kannst du noch lernen. Und wir helfen dir dabei!«, munterte Sofia sie auf.

»Genau«, fügte Sarah hinzu. »Der Horse Club steht geschlossen hinter dir!«

Eine Überraschung, die sich gewaschen hat

Als die Mädchen das *Cups and Saddles*-Reitercafé erreichten, entdeckten sie sofort, was Emily ihnen zeigen wollte. Die Seitenwand des Cafés war in einzelne mit Heunetzen und Wassereimern ausgestattete Boxen unterteilt. Am Ende lag ordentlich zusammengerollt ein Schlauch vor einem Korb mit sauberen Handtüchern. Daneben erkannten sie Reinigungsmittel für Sattel- und Zaumzeug sowie mehrere Eimer und Schwämme.

»Wow!«, rief Hannah. »Das ist ja spitze!«

Emily stand strahlend vor dem Café. »Hi, Mädels!«, begrüßte sie sie fröhlich. »Willkommen im nagelneuen Pferdesalon des *Cups and Saddles*. Ich nenne es *Mane and Tail.*«

»Das ist fantastisch!«, staunte Sofia.

Storm schnaubte ganz laut zur Bestätigung. »Wie man sieht, gefällt es den Pferden auch«, grinste Lisa.

Sarah hüpfte aus Mysterys Sattel und tätschelte ihr kräftig den Hals. »Die Idee ist wirklich toll«, sagte sie. »Wie bist du denn darauf gekommen?«

»Na ja, ich dachte, es wäre schön, wenn Reiter und Pferde einen besonderen Grund hätten, hierherzukommen«, antwortete Emily. »Die Reiter aus den verschiedenen Ställen könnten

sich miteinander unterhalten, während sie ihre Pferde striegeln. Und wer allein unterwegs ist, findet vielleicht sogar neue Freunde. Außerdem regnet es im Sommer so viel, dass die Pferde ständig schlammverspritzte Beine haben. Dafür sind die Eimer und Handtücher da!«

»Guter Einfall!«, fand Sofia. »Ich werde sicher deine beste Kundin – bei Blossom sieht man jeden Schlammspritzer sofort. Hey, ich könnte ein Schild für dich malen, wenn du magst.«

»Das wäre wunderbar, danke«, freute sich Emily. »Ich bin künstlerisch ziemlich unbegabt.«

»Schau dir nur mal an, wie wir aussehen. Dürfen wir den Salon vielleicht gleich mal ausprobieren?«, bat Hannah.

»Darum wollte ich, dass ihr vorbeikommt«, erwiderte Emily. »Ich dachte, ihr könntet alles testen, damit ich sehe, ob es noch irgendwo hakt. Wenn alles funktioniert, wollte ich morgen offiziell eröffnen und allen Bescheid sagen.«

»Das machen wir gerne – vielen Dank«, sagte Hannah und die anderen stimmten ihr begeistert zu.

Dann schwang plötzlich eine Luke in der Wand auf und Tom, Emilys Bruder, steckte den Kopf heraus. Storm wieherte erschrocken und wich rückwärts.

»Hi, Mädels!«, rief er.

»Okay, die Luke solltet ihr vielleicht etwas vorsichtiger öffnen«, sagte Hannah lachend. »Das ist unser erster Kritikpunkt.«

»Alles klar«, erwiderte Tom. »Sagt mir einfach, was ihr wollt, dann reiche ich es euch raus.«

»Wenn ihr hier draußen eine Speisekarte an die Wand hängt, können die Gäste direkt bestellen, während sie die Pferde putzen«, schlug Lisa vor.

»Stimmt«, sagte Emily. »Dass ich daran nicht selbst gedacht habe! Genau darum brauche ich euch als Versuchskaninchen.«

»Oh, ist das Striegeln kostenlos?«, hörten sie plötzlich eine bekannte hochnäsige Stimme. »Dann teste ich es gerne auch mal.«

Die Mädchen drehten sich gleichzeitig um und sahen Tori auf Princess vor sich. Die Stute trippelte unruhig von einem Fuß auf den anderen.

»Ich dachte, du trainierst deine Sprünge«, erwiderte Hannah kühl.

»Nicht dass euch das irgendetwas angeht«, gab Tori zurück, »aber Princess stellt sich etwas quer. Sie hört einfach nicht richtig auf mich. Sie müsste wirklich mal an ihrer Einstellung arbeiten.«

Lisa konnte ein Schnauben nicht unterdrücken. »Princess müsste mal an ihrer Einstellung arbeiten?«

Tori warf ihr einen finsteren Blick zu, stieg ab und führte die Friesenstute zu Emily hinüber. Sie reichte ihr die Zügel. »Bitte schön«, sagte sie herrisch. »Einmal den Rundum-service. Und wenn du schon mal dabei bist, kannst du auch gleich meinen neuen Sattel reinigen.« Emily starrte Tori nur mit heruntergeklappter Kinnlade an.

»Das ist hier nicht wie beim Parkservice für Autos, Tori«, sagte Hannah.

»Ja. Es geht darum, Zeit mit anderen Reitern zu verbringen – und mit deinem Pferd«, fügte Lisa hinzu.

»Ich muss mich erst mal eine Weile hinsetzen und ausruhen. Princess war den ganzen Morgen furchtbar anstrengend«, entgegnete Tori. Dann warf sie einen abfälligen Blick auf Emilys mühsam zusammengetragene Ausrüstung. »Und mit diesem schäbigen alten Zeug lockst du sowieso keine Reiter an, mit denen ich mich unterhalten wollte.«

Damit rauschte sie davon und ließ Emily ziemlich verstört zurück. Mit hängenden Schultern streichelte sie Princess' wunderschöne schwarze Mähne. »Ich weiß, dass wir eine neue Ausrüstung gut gebrauchen könnten«, murmelte sie. »Die alten Sachen habe ich mir in Lakeside ausgeliehen. Aber

solange das *Mane and Tail* noch keine neuen Kunden anzieht, können wir uns das nicht leisten.«

»Es sieht wunderschön aus«, versicherte Sarah ihr. »Du weißt doch, wie Tori ist. Ignorier sie einfach.« Hannah, Lisa und Sofia stimmten ihr energisch zu und Emily lachte wieder. »Na ja«, sagte sie, »es ist ja nicht Princess' Schuld, dass Tori so gemein ist. Sie hat es trotzdem verdient, schön sauber gebürstet zu werden.«

Die Mädchen plauderten fröhlich, während sie die Pferde putzten. Tom servierte ihnen ihre Getränke durch die Luke, die sie auf einem hohen Regal auf einer Seite der Wand abstellten. Dort waren sie vor den Pferden in Sicherheit, nachdem sich Cayenne beinahe Hannahs Pfirsich-Vanille-Smoothie geschnappt hätte.

»Du hattest recht, Emily, das macht wirklich Riesenspaß«, sagte Sofia, während sie Blossoms Beine trocken rubbelte.

»Danke«, erwiderte Emily. »Aber die arme Princess scheint heute wirklich nicht ganz sie selbst zu ein, oder?« Die Stute tänzelte noch immer unruhig hin und her und zog an ihrem Strick. Außerdem weigerte sie sich strikt, sich

von Emily die Hufe säubern zu lassen, und war das einzige Pferd, das sich nicht genüsslich über das Heu in den Netzen hermachte.

»Nein«, stimmte Hannah ihr zu. »Vielleicht ist es ja der neue Sattel ... Aber den hast du ihr ja vorhin abgenommen.«

Emily hatte Princess' schicken neuen Sattel vorsichtig an die Wand des Cafés gelehnt. Auch ein Sattelgestell musste noch warten, bis das *Mane and Tail* Gewinn abwarf. »Vielleicht hat sie sich den Rücken verletzt«, überlegte Emily. »Dann braucht sie einen Physiotherapeuten.«

»Könnte sein«, sagte Hannah. Sie wollte der Stute so gerne helfen und wünschte sich inständig, sie wüsste, was mit ihr los war.

Dabei versuchte sie sich zu erinnern, was ihre Mutter wohl tun würde und wirkte plötzlich abwesend. Nach ein paar Minuten merkte sie, dass ihre Gedanken abschweiften und sie konzentrierte sich wieder auf ihre Freundinnen und die Pferde.

Princess würde sich sicher erholen, und wenn nicht, dann müsste eben Hannahs Mutter helfen.

Aber jetzt wollte sie die Atmosphäre im Café mit ihren Freundinnen genießen.

Geplatzte Träume

Eine halbe Stunde später hatten Hannah, Lisa, Sofia und Sarah ihre Pferde gestriegelt und die Smoothies ausgetrunken. Emily beschloss, das *Mane and Tail* schon am nächsten Tag offiziell zu eröffnen. Die Mädchen waren jedoch weiter in Sorge um Princess, die nun noch verstörter wirkte und unruhig mit den Hufen scharrte.

Tori kam aus dem Café und ignorierte die Horse Club-Mädchen, obwohl Sarah ihr gerade vorschlagen wollte, Princess nach Hause zu bringen. Stattdessen steuerte sie direkt auf Emily zu und untersuchte ihre Stute. »Hm,

gar nicht übel«, musste sie zugeben. »Wenn man bedenkt, dass du mit diesen schrecklichen alten Bürsten arbeiten musstest.«

»Tori, Princess geht es wirklich nicht –«, begann Emily, aber Tori platzte heraus: »Oh nein! Mein neuer Sattel! Du kannst ihn doch nicht einfach hier auf den Boden legen!« Sie rannte zu ihm hinüber und hob ihn hoch. »Er ist total zerkratzt!«, kreischte sie. »Oh nein, mein

Dad wird deswegen furchtbar wütend werden auf dich!«

Emily sah zu Tode erschrocken aus. Hannah betrachtete den Sattel jedoch ruhig und widersprach: »Wo denn? Ich kann keinen einzigen Kratzer sehen.«

»Wie dem auch sei, viel wichtiger ist, dass Princess wirklich sehr unglücklich wirkt –«, versuchte es auch Sofia.

»Sie war nur zu fest angebunden!«, keifte Tori und riss an Princess' Führstrick. »Es ist gefährlich, sie so nahe an Cayenne anzubinden. Sie hatte wahrscheinlich die ganze Zeit Angst, dass er sie tritt.«

»Das würde er niemals tun!«, schrie Hannah wütend zurück. »Wie kannst du so was sagen?«

»Die Plätze für die Pferde sind groß genug, eigentlich genauso breit wie in Lakeside«, murmelte Emily mit Tränen in den Augen. Doch Tori ließ sich davon nicht beeindrucken.

»Ich werde meinem Vater von dieser lächerlichen Idee erzählen!«, spuckte sie aus. »Und du wirst für die Reparatur des Kratzers bezahlen, Emily!«

»Komm schon, Tori, du solltest wirklich lieber an Princess denken«, versuchte Sarah, sie zu beruhigen. Aber Tori warf den Sattel auf Princess' Rücken, schnallte ihn fest und rauschte dann mit Princess im Schlepptau ohne ein weiteres Wort davon. Die anderen blickten ihr mit einem unguten Gefühl sprachlos hinterher.

»Mann, ich zittere richtig«, gestand Emily.

»Ich wollte unbedingt, dass das *Mane and Tail* ein Erfolg wird. Aber wie es aussieht, wird es dem Café nichts als Ärger einbringen.«

»Kommt, wir gehen rein«, schlug Sofia tröstend vor.

»Ich glaube, du musst dich erst mal setzen und einen Schluck trinken.«

»Und die Pferde müssen sich auch wieder ein bisschen beruhigen«, fügte Hannah hinzu. Nach dem Aufeinandertreffen mit Tori hatten sie alle eine Pause verdient.

Während Lisa und Hannah die Pferde mit frischem Heu versorgten, gingen Sofia und Sarah mit Emily ins Café. Sie wechselten einen

besorgten Blick. Konnte die große Eröffnung des Pferdesalons morgen wirklich noch stattfinden?

Tom sah die Mädchen stirnrunzelnd an, als sie das Café betraten. Er hatte den Telefonhörer in der Hand, hielt ihn jedoch möglichst weit weg von seinem Ohr. Eine wütende Stimme dröhnte aus der Muschel. Tom musste ihnen nicht erklären, dass es Mr Michaels war. Tori hatte ihren Vater offensichtlich sofort angerufen, nachdem sie das Café verlassen hatte. »Es tut mir wirklich leid«, entschuldigte sich Tom. Dann legte er auf und kam zu ihnen an den Tisch.

»Schlechte Nachrichten«, verkündete er. »Mr Michaels ist stinksauer wegen der Sache mit Tori. Er sagt, du hättest ihr Eigentum beschädigt und ihr Pferd schlecht behandelt –«

»Das ist eine unverschämte Lüge!«, unterbrach Lisa ihn, aber er fuhr traurig fort: »Und wenn du den Pferdesalon morgen wirklich eröffnest, wird er mit seinem Einfluss im Dorf dafür sorgen, dass er sofort wieder geschlossen wird. Und …« Er hielt kurz inne und rieb sich erschöpft das Gesicht mit den Händen. »Und das Café auch.«

Die Mädchen schnappten vor Entsetzen nach Luft. Emily begann zu weinen.

»Es tut mir leid, Emily, aber du musst die Idee mit diesem Pferdesalon vergessen«, sagte Tom.

»Er heißt *Mane and Tail*«, murmelte Emily traurig. »Na ja, er hieß so.«

»Auf keinen Fall!«, schrie Hannah mit vor Zorn hochrotem Gesicht. »Mit dem Sattel war alles in Ordnung, das habe ich selbst gesehen. Tori hat das nur erfunden!«

»Und Emily hat Princess auch nicht falsch behandelt«, fügte Sofia hinzu. »Du kannst dich von ihm nicht so einschüchtern lassen.«

Tom blickte Emily traurig an. »Wir haben keine andere Wahl. Mr Michaels hat hier in der Gegend einfach zu viel Einfluss. Wenn er sich öffentlich gegen das Café stellt, sind wir geliefert.«

Emily schniefte und nickte niedergeschlagen. »Okay, ich lasse es sein«, sagte sie kaum hörbar. Dann murmelte sie: »Ich kümmere mich im Büro um den Papierkram«, stand auf und huschte schluchzend davon.

Sarah wollte ihr nachgehen, aber Tom hielt sie zurück. »Lass sie für eine Weile in Ruhe. Ich glaube, sie muss das alles erst mal verarbeiten. Sie war so aufgeregt wegen des Pferdesalons.« Er seufzte tief, doch dann betraten neue Gäste das Café. Tom setzte ein Lächeln auf und verschwand wieder hinter der Theke.

Völlig niedergeschlagen schlurften die Mädchen wieder nach draußen. »Arme Emily«, sagte Lisa. »Wir können auf keinen Fall tatenlos zusehen, dass das passiert. Ganz egal, was Tom sagt.«

»Aber wir müssen vorsichtig vorgehen«, wandte Sarah ein. »Keine hitzköpfigen Heldentaten, ihr beiden.« Sie schaute zuerst Lisa an, dann Hannah. »Das wird Emily nicht helfen.«

»Nein. Wir müssen beweisen, dass sie nichts falsch gemacht hat«, sagte Sofia. »Und Tori dazu bringen, zu gestehen, dass sie ihren Vater angelogen hat.«

»Du hast recht«, stimmte Hannah ihr zu und tätschelte Cayennes Hals. »Aber wie wollen wir das anstellen?«

Die anderen Horse Club-Mädchen blickten Sofia erwartungsvoll an. »Ich habe nicht die leiseste Ahnung«, musste sie zugeben.

Schreckliche Neuigkeiten

Die vier Freundinnen ritten in gedrückter Stimmung durch den Peppertree-Wald zurück. Als sie die Lichtung mit den umgestürzten Baumstämmen erreichten, hatte keine von ihnen Lust, darüberzuspringen, nicht einmal Hannah.

Sie waren überrascht, als sie wenige Minuten später um eine Wegbiegung ritten und Tori vor sich sahen. Sie war abgestiegen und versuchte, Princess davon zu überzeugen, sich vorwärtszubewegen. Hannah trieb Cayenne an und galoppierte wutentbrannt auf sie zu, dicht gefolgt von Lisa und Storm. »Wie konntest du Emily das nur antun?«, rief sie zornig.

»Weil du deinen Dad angelogen hast, muss sie den Pferdesalon aufgeben!«, fauchte Lisa sie an.

»Ich habe nicht gelogen!«, gab Tori zurück.

Sarah und Sofia hielten sich zurück und betrachteten Princess. »Sie ist immer noch nicht wieder die Alte«, bemerkte Sofia. »Schau doch nur, wie sie mit den Hufen scharrt.«

Die arme Stute sah noch verstörter aus als zuvor im Café. Sie schien inzwischen sogar zu versuchen, sich in den Bauch zu beißen. Sarah und Sofia tauschten einen besorgten Blick und führten ihre Pferde zu den anderen. Dann versuchte Princess urplötzlich, sich hinzulegen und auf den Boden zu rollen. Tori hatte alle Mühe, sie auf den Beinen zu halten.

»Hey, sei vorsichtig mit ihr!«, fuhr Lisa sie entsetzt an.

»Sie darf sich nicht mit meinem neuen Sattel hin und her rollen. Sie wird ihn ruinieren!«, blaffte Tori.

»Kannst du vielleicht endlich mal aufhören, dich um deinen blöden Sattel zu sorgen, und dich stattdessen um dein Pferd kümmern?« Hannah schrie beinahe. »Siehst du denn nicht, dass sie ernsthafte Schmerzen hat?«

Die Mädchen verstummten. Es war albern, sich über den Pferdesalon zu streiten, wenn Princess ihre Hilfe brauchte. Hannah hatte es schließlich ernst gemeint: Sie wollte Tierärztin werden, um Tieren in Not zu helfen. Und wenn das bedeutete, dass sie bei Tori einen kühlen Kopf bewahren musste, dann würde sie genau das tun. Sie wollte gerade Waffenstillstand mit Tori schließen, als diese in Tränen ausbrauch. »Ich weiß einfach nicht, was ich tun soll«, schluchzte sie, während Princess unter Schmerzen hin und her tänzelte. »Das sieht ihr überhaupt nicht ähnlich. Bitte helft mir!«

Die Freundinnen erkannten, dass Tori wirklich verzweifelt war. Natürlich liebte sie Princess und machte sich Sorgen um sie, auch wenn sie gerne die Drama-Queen spielte.

Hannah holte tief Luft, um ihre Nerven zu beruhigen. Sie versuchte, sich vorzustellen, was ihre Mutter in dieser Situation tun würde. »Okay, wir sollten erst mal in aller Ruhe nachdenken«, sagte sie. »Seit wann ist sie denn schon so?«

»Erst seit heute«, schluchzte Tori. »Sie war schon auf dem Reitplatz beim Springen furchtbar unruhig. Und als wir dann am Café ankamen ... Na ja, das habt ihr ja selbst gesehen.«

Princess wieherte und scharrte erneut mit den Hufen. »Und wann hat das angefangen?«, fragte Hannah. »Das Scharren, meine ich, und dass sie sich in den Bauch beißen will?«

»Als wir in den Wald geritten sind«, antwortete Tori. »Sie hat schon dreimal versucht, sich auf den Boden zu rollen.« Sie schniefte laut und wischte sich die Nase mit dem Ärmel ab. »Vielleicht hattest du ja recht mit dem neuen

Sattel«, murmelte sie. »Ich hätte warten sollen, bis er richtig angepasst wurde. Vielleicht hat sie sich wirklich am Rücken verletzt.«

»Aber das passt gar nicht zu ihrem Verhalten. Sie versucht nicht, den Rücken durchzudrücken oder so«, erwiderte Hannah. Sie runzelte die Stirn und überlegte. »Hast du in letzter Zeit sonst noch irgendetwas verändert?«, wollte sie wissen. »Etwas, das sich auf ihr Verhalten auswirken könnte?«

»Warte mal! Du hast ihr Futter umgestellt!«, fiel Sarah plötzlich wieder ein. »Das hast du uns doch heute Morgen erzählt.«

»Oh, stimmt!«, rief Hannah. Ihr Magen begann nervös zu kribbeln, als sie sich dabei auch noch an etwas anderes erinnerte. Sie hatte neulich gehört, wie ihre Mutter genau diese Symptome der Neubesitzerin des Pferdes aus der Auffangstation beschrieb: das Scharren mit den Hufen, der Versuch sich auf den

Boden zu legen, die Bisse in den Bauch und die Unruhe. Es passte alles zusammen und deutete auf eine einzige Erklärung hin – eine Kolik. »Du hast doch gesagt, dass du das Futter ziemlich abrupt umgestellt hast, oder?«, fragte Hannah. »Es tut mir leid, Tori, aber Princess könnte an einer Kolik leiden. Sie zeigt alle typischen Symptome.«

»Eine Kolik?«, erschrak Tori. Ihre Augen füllten sich mit Tränen. »Aber die kann tödlich enden, oder? Oh, meine arme, liebe Princess! Was habe ich dir nur angetan?« Sie vergrub das Gesicht in Princess' Mähne und begann wieder zu schluchzen.

Hannah warf Sarah einen verzweifelten Blick zu, aber ihre Freundin schwang sich bereits aus dem Sattel. Sie reichte Sofia, die ebenfalls abgestiegen war, Mysterys Zügel. Dann ging sie zu Tori, um sie zu trösten. Hannah zerbrach sich weiter den Kopf und versuchte, sich zu erinnern, was sie von ihrer Mutter sonst noch über Koliken wusste. »Wir müssen sie in Bewegung halten, aber ihr trotzdem genügend Pausen gönnen«, erklärte sie Tori.

Lisa griff nach Cayennes Zügeln. »Du nimmst Princess, Hannah«, sagte sie mit einem Blick auf Tori, die sich an Sarahs Schulter immer noch die Augen ausheulte. »Tori

ist zu aufgewühlt. Sie würde Princess nur noch nervöser machen. Ich führe Cayenne. Sofia, kommst du mit Mystery und Blossom zurecht?«

Sofia nickte, ohne zu zögern.

Die Mädchen setzten sich in Bewegung. »Tori, kann ich mal dein Telefon benutzen?«, bat Hannah.

Tori zog es aus ihrer Jackentasche und reichte es ihr. »Ich rufe meine Mum an«, sagte sie. »Das hier ist ein Notfall. Wir brauchen so schnell wie möglich einen Tierarzt. Wir bringen Princess nach Lakeside, das ist viel näher als dein Stall.« Sie drehte sich zu Lisa um, aber ihre Freundin wusste bereits, was sie sagen wollte. »Ich reite voraus und gebe deinem Dad Bescheid«, sagte Lisa. »Er kann mit dem Anhänger zum Reitweg kommen, damit Princess nicht so weit laufen muss. Und ich bereite ein schönes weiches Bett für sie vor. Tori, kannst du Cayenne nehmen?«

Tori holte tief Luft und richtete sich auf. »Ich führe Princess«, erwiderte sie entschlossen. »Ich muss jetzt stark für sie sein.«

»Das ist großartig«, sagte Hannah und sie meinte es auch so. Sie dachte an Cayenne und wollte sich kaum vorstellen, wie sie sich fühlen würde, wenn ihr eigenes Pferd in dieser schlimmen Lage wäre. Tori und Princess taten ihr aufrichtig leid. »Wir bringen das wieder in Ordnung, okay?«, fügte sie dann hinzu, um Tori zu trösten. »Gemeinsam.«

Tori brachte ein Lächeln zustande und nickte dankbar, während Lisa und Storm mit lautem Hufgetrappel davongaloppierten.

Jedes Mädchen hatte jetzt eine Mission. Lisa war in Windeseile verschwunden. Sie würde Herrn Kramer bitten, Princess schnellstmöglich abzuholen.

Hannah war beeindruckt von Tori. Sie biss die Zähne zusammen und versuchte stark zu sein. Sie gibt sich Mühe, für Princess, dachte Hannah. Zwischendrin mussten sie oft pausieren, denn das kranke Pferd versuchte immer wieder sich in den Bauch zu beißen. Tori sprach liebevoll auf ihr Pferd ein. So gelang es ihr immer wieder, Princess zum Weitergehen zu bewegen.

Mit Mühe erreichten sie den Weg, wo Herr Kramer bereits mit dem Hänger auf sie wartete.

Tierärztinnen im Einsatz

Caro Kramer traf im selben Moment in Lakeside ein, als Princess aus dem Anhänger geladen wurde, mit dem Oliver Kramer sie abgeholt hatte. Der Weg durch den Wald war für die Mädchen nicht leicht gewesen, aber am Ende hatten sie es mit Princess sicher an den Waldrand geschafft. Hannahs Mutter hatte ihr bereits am Telefon versichert, dass sie sich genau richtig verhalten hatten. Nun stieg sie hastig aus ihrem Notarztwagen, schaute kurz wo das kranke Pferd stand und eilte mit dem Arztkoffer in der Hand zu Princess.

»Ich habe ihr Futter zu schnell umgestellt«, jammerte Tori, als sie Caro sah. »Das ist alles meine Schuld.«

»Ich habe ihr gesagt, dass es verschiedene Gründe für eine Kolik gibt und die Ursache in den allermeisten Fällen unbekannt bleibt«, sagte Hannah. »Aber sie ist davon überzeugt, dass sie Princess das angetan hat.«

»Hannah hat recht«, bestätigte ihre Mutter und begann, Princess zu untersuchen. »Es gibt viele Ursachen für eine Kolik, und meist bleibt sie ein Rätsel. Wir konzentrieren uns jetzt darauf, Princess zu helfen. Es spielt keine Rolle, wie das Ganze angefangen hat.«

»Okay«, schniefte Tori mit leiser Stimme.

»Gut«, sagte Caro. »Ich muss ein paar Tests machen, damit ich weiß, um was für eine Kolik es sich handelt. Dann kann ich mit der richtigen Behandlung beginnen. Hannah, würdest du mir helfen? Ich brauche Hilfe mit dem Nasenschlauch für die Magensonde und bei der Bauchhöhlenpunktion, in Ordnung?«

Hannah drehte sich bei dem Gedanken, ihrer Mutter bei einem so wichtigen Eingriff zu helfen, vor lauter Nervosität der Magen um. Sie blickte zu ihren Freundinnen hinüber, die sie aufmunternd anschauten. Ihr Selbstvertrauen bekam einen mächtigen Schub. »In Ordnung, Mum«, antwortete sie.

»Das ist großartig.«, freute sich Caro. Sie verschwand, um alles Nötige aus dem Notarztwagen zu holen. Sarah und Sofia halfen ihr beim Tragen, während Hannah Princess in den Stall führte.

»Darf ich mit reinkommen?«, fragte Tori schüchtern.

Hannah blickte überrascht auf. »Natürlich. Sie ist schließlich dein Pferd, Tori«, antwortete

sie. »Ich versuche nicht, dir irgendwas wegzunehmen. Ich will nur helfen.«

»Ich weiß«, erwiderte Tori. Sie entriegelte die Stalltür und sie gingen hinein. »Und ich weiß wirklich zu schätzen, was du für Princess tust. Vielen, vielen Dank, Hannah.«

Hannah schenkte ihr ein flüchtiges Lächeln. »Es wird alles gut«, versicherte sie ihr. »Meine Mum ist eine sehr erfahrene Tierärztin.«

Tori nickte und lächelte sie ebenfalls schüchtern an. »Du wirst bestimmt auch mal eine tolle Tierärztin, Hannah«, sagte sie leise.

Hannah sah sie erstaunt an. »Woher weißt du denn davon?«, fragte sie.

»Oh, ähm, ich habe euch im Wald gehört«, gestand Tori. »Aber ich habe euch nicht absichtlich belauscht, ehrlich. Princess hatte sich auf dem Reitplatz so seltsam verhalten. Ich dachte, ein Training mit den Baumstämmen im Freien würde ihr vielleicht guttun. Aber als wir dort ankamen, wart ihr schon da.«

»Na dann ... danke«, stammelte Hannah, immer noch völlig verblüfft. Hatte Tori das gerade wirklich gesagt? Tori, die sich scheinbar gar nicht vorstellen konnte, dass auch jemand anderes etwas gut konnte?

Tori streichelte sanft Princess' Hals und flüsterte ihr beruhigend ins Ohr. Hannahs Sorge wuchs jedoch immer mehr. Sie erinnerte sich, dass es verschiedene Arten von Koliken gab – und dass einige gefährlicher waren als andere. Solange sie nicht wussten, unter welcher Art von Kolik Princess litt und wie sie auf die Behandlung ansprach, ließ sich unmöglich vorhersagen, ob sie wirklich wieder gesund werden würde. Warum hatte sie Tori versprochen, dass alles gut werden würde, wenn sie es doch gar nicht mit Sicherheit wusste? Mit einem Mal fühlte sie sich persönlich dafür verantwortlich, was mit Princess passierte.

Kurz darauf kehrte ihre Mutter mit allem zurück, was sie benötigten. Hannah konzentrierte sich darauf, ihr bei den Tests zu helfen.

Dadurch blieb ihr gar keine Zeit mehr, sich darüber zu sorgen, was sie zu Tori gesagt hatte.

Caro spritzte Princess ein Schmerzmittel, hörte ihr Herz ab und untersuchte ihr Zahnfleisch. Hannah musste sich dafür Handschuhe anziehen und Princess' Maul aufhalten. Dann zeigte ihre Mutter ihr, wie sie die Haut der Stute auf Anzeichen für Flüssigkeitsmangel untersuchen konnte, indem sie mit Daumen und Zeigefinger hineinzwickte. Sie erklärte Hannah und Tori genau, was sie tat, und bat Hannah, sich Notizen zu machen.

Anschließend horchte und tastete Caro Princess' Bauch ab. »Ich vermute eine Impaktbildung«, verkündete sie, richtete sich wieder auf und streifte den langen Gummihandschuh ab. »Das bedeutet, dass ein fester Futterklumpen den Dickdarm blockiert.«

»Dann war es also alles meine Schuld, weil ich ihr Futter so plötzlich umgestellt habe!«,

wimmerte Tori.
Tränen strömten über ihre Wangen. Der plötzliche Ausbruch beunruhigte auch Princess, die prompt am Führstrick riss und wieder versuchte, sich in den Bauch zu beißen.

»Wir können nicht mit Sicherheit sagen, was passiert ist«, erwiderte Caro. »Aber es hilft uns, dass wir nun von der Impaktbildung wissen. Das ist eine recht häufige Form der Kolik. Wir sollten Princess helfen können, ohne dass sie eine Operation braucht. Ich teste zuerst noch mit dem Nasenschlauch, ob der Mageninhalt in ihre Speiseröhre zurückfließt. Anschließend können wir ihr über den Schlauch etwas verabreichen, das dabei hilft, die Blockade zu lösen. Außerdem untersuche ich ihren Bauch auf Flüssigkeit. Wir wollen schließlich gründlich sein.«

»Danke«, sagte Tori.

Hannah half ihrer Mutter mit dem Nasenschlauch. Glücklicherweise war kein Rückfließen des Mageninhalts festzustellen. Anschließend hielt sie den Schlauch fest, während Flüssigkeit und ein Abführmittel in Princess' Verdauungstrakt flossen. Die Stute entspannte sich zusehends – und mit ihr Tori, die sie die ganze Zeit über streichelte und ihr beruhigende Worte ins Ohr flüsterte.

Kurz darauf kamen Sarah, Sofia und Lisa in den Stall, um sich zu erkundigen, wie es

Princess ging. »Nun, sie ist noch nicht über den Berg«, teilte Caro ihnen mit. »Aber es sieht gut aus.« Sie hob eine Hand und lobte Hannah: »Du warst eine ausgezeichnete Hilfstierärztin.«

»Danke, Mum«, freute sich Hannah und schlug ein. »Ich meine natürlich: Danke, Doktor!«

Hannah war unaussprechlich glücklich und stolz auf sich. Sie hatte nicht nur die richtige

Erklärung für Princess Schmerzen gefunden, sondern auch ihrer Mutter erfolgreich geholfen.

Vielleicht würde sie doch eine gute Tierärztin werden, wenn sie einmal groß war?

Die miesesten Spione aller Zeiten

Die übrigen Horse Club-Mädchen wechselten sich in den kommenden Stunden damit ab, Hannah und Tori bei der Pflege von Princess zu helfen. Die Stute war noch immer ein wenig unruhig. Sarah führte sie gerade vorsichtig im Stall auf und ab. Lisa und Sofia verschwanden in die Küche in der Scheune. Kurz darauf kehrten sie mit frisch aufgefüllter heißer Schokolade in Lisas Thermoskanne und einer

Dose mit Caros köstlichen Heidelbeermuffins und Rosinenkeksen wieder zurück.

Auch Caro kam oft in den Stall, um nach Princess zu sehen. Sie erklärte den Mädchen, dass die Stute gut auf die Behandlung ansprach, auch wenn sie erst in ein paar Stunden mit Sicherheit sagen konnte, ob sie wirklich außer Gefahr war.

Als sich die Abenddämmerung über Lakeside legte, standen die vier Freundinnen an der Stalltür und tranken heiße Schokolade. Tori blieb an Princess' Seite. Die Mädchen erzählten sich gegenseitig lustige Geschichten, um sich ein wenig abzulenken und nicht wieder in trübe Stimmung zu verfallen. Hannah

erzählte eine, in der Mia, Spotty und eine Schlammgrube vorkamen, und sorgte dafür, dass für kurze Zeit alle Sorgen verschwanden und das Gekicher der Mädchen schon von Weitem zu hören war.

»Die heiße Schokolade von deiner Mum ist fast so gut wie die von Tom im Café«, bemerkte Sofia, ohne nachzudenken. Doch bei der Erwähnung des Cafés bekamen alle ein unbehagliches Gefühl. Sie mussten wieder daran denken, was zwischen Tori und Emily vorgefallen war.

»Ihr solltet erst mal die von meiner Tante Rita probieren«, warf Sarah schnell ein, um sie abzulenken. »Da sind Marshmallows, Streusel, Sahne und eine Schokowaffel drin, das volle Programm.«

Hannah hätte gerne mit Tori darüber gesprochen, wie gemein sie Emily behandelt hatte. Aber sie wusste, dass es nicht der richtige

Zeitpunkt war, solange es Princess noch so schlecht ging. Die anderen Horse Club-Mädchen schienen genauso zu denken und die fünf unterhielten sich über andere Dinge. Doch schon kurze Zeit später teilte Caro den Mädchen nach einer erneuten Untersuchung mit, dass Princess gute Fortschritte machte. Tori murmelte etwas davon, dass sie ihren Vater anrufen müsste, und verschwand eilig aus dem Stall.

Sobald sie verschwunden war, wandte sich Hannah mit einem breiten Grinsen an ihre Freundinnen: »Ich muss bei Princess bleiben«, sagte sie. »Aber falls ihr drei einen kleinen Spaziergang machen und dabei zufällig mithören würdet, was Tori mit ihrem Vater bespricht, könntet ihr zurückkommen und es mir sagen ...«

Lisa kicherte. »Eine Mission für die Horse Club-Spione?«, fragte sie. »Kein Problem. Wird erledigt!« Sie marschierte mit klappernden Reitstiefeln los.

»Hey, pst!«, flüsterte Sarah. »Du bist die mieseste Spionin aller Zeiten! Wir müssen leise sein!«

Sarah schlich sich davon und die drei Mädchen verschwanden zur Hintertür hinaus. Sie konnten Tori am Telefon hören, also versteckten sie sich hinter der Stallecke und spitzten die Ohren. Sofias neuer blauer Seidenschal flatterte Lisa ins Gesicht, die zischte: »Dein Modefimmel wird noch unsere geheime Mission gefährden, Sofia!«

»Sie hat eine Kolik, Daddy«, sagte Tori. »Wir sind in Lakeside. Ja, Mrs Kramer kümmert sich um sie. Ich bleibe natürlich heute Nacht bei ihr. Aber wie es aussieht, wird sie wieder ganz gesund.« Tori seufzte laut. »Nein, ich habe keine Ahnung, wie viel es kosten wird. Aber das einzig Wichtige ist doch, dass sie schnell wieder gesund wird!«

Lisa, Sarah und Sofia wechselten einen erschrockenen Blick. Mr Michaels war wirklich schrecklich! Alles, woran er denken konnte, war, wie viel ihn Princess' Behandlung kosten würde. Tori war deswegen offensichtlich genauso wütend auf ihn. Sie fügte in frustriertem Tonfall hinzu: »Es hatte nicht das Geringste mit Emily zu tun. Ehrlich gesagt, war Princess bei ihr in den besten Händen. Und ich habe mir auch meinen Sattel noch mal angesehen: Ihm fehlt nichts. Der Kratzer war in Wahrheit nur ein bisschen Dreck.«

Im selben Moment kitzelte Sofias Schal Lisa so sehr in der Nase, dass sie niesen musste. Sie kippte um, riss die anderen drei mit sich und sie alle plumpsten in einem Haufen vor Toris Füße.

Tori starrte sie einen Augenblick lang verdutzt an, drehte ihnen dann den Rücken zu und sagte in den Hörer: »Weißt du, Daddy, die neue Bürgermeisterin wollte morgen zur großen Eröffnung des Pferdesalons kommen. Ich weiß ja, dass du bei ihr unbedingt Eindruck schinden willst. Sie hat im Gemeinderat schließlich einiges zu sagen. Aber wenn bekannt wird, dass er deinetwegen nicht eröffnet wurde, dann ...« Tori hielt das Telefon möglichst weit weg von ihrem Ohr, genau wie Tom es im Café getan hatte. Die Mädchen hörten Mr Michaels' zornig donnernde Stimme trotzdem noch sehr deutlich.

Lisa rappelte sich wieder auf und half Sarah und Sofia auf die Beine. Tori hielt sich das Handy kurz wieder ans Ohr und sagte: »Tschüss, Daddy«, und legte auf.

In der nächsten Sekunde bog Princess mit klappernden Hufen um die Ecke. »Tut mir leid«, sagte Hannah grinsend. »Aber ich bin viel zu neugierig und wollte nichts verpassen – genau wie Princess. Außerdem war es sowieso Zeit für ihren nächsten Spaziergang ...«

»Tori!«, rief Lisa aus. »Das mit der Bürgermeisterin war eine glatte Lüge!«

»Ich weiß«, erwiderte Tori und rümpfte die Nase. »Aber ich weiß eben auch, wie man mit meinem Dad am besten umgeht. Es hat keinen Sinn, ihm zu sagen, was er tun soll. Man muss eine Karotte vor seiner Nase baumeln lassen und hoffen, dass er anbeißt.« Princess stellte die Ohren auf, als sie das Wort »Karotte« hörte, und brachte die Mädchen damit zum Lachen. Tori drückte ihre Stute ganz fest und streichelte ihre Mähne. »Ich denke, du bist über den Berg«, freute sie sich, »wenn du schon wieder an Karotten denken kannst.«

Caro kam aus der Scheune über den Hof und klimperte mit ihrem Schlüsselbund. »Zeit, euch nach Hause zu fahren, Mädels«, verkündete sie. »Es ist schon spät. Du musst auch ins Bett, Hannah. Du warst mir eine große Hilfe, aber den Rest schaffen Tori und ich auch alleine. Ich bin mir sicher, dass Princess wieder ganz gesund wird.«

Die Mädchen brachen in erleichterten Jubel aus. Hannah freute sich über die guten Nachrichten fast genauso sehr wie Tori. Kurz darauf umarmten sich die Mädchen zum Abschied am Auto. »Ich rufe Emily an und sage ihr, dass die Eröffnung doch stattfinden kann«, sagte Hannah zum Abschied.

»Oh, dann schlag ihr doch direkt vor, die Bürgermeisterin einzuladen«, erwiderte Sofia.

Die drei Freundinnen quetschten sich gemeinsam auf den Autorücksitz. Caro nahm ihre Tochter ganz fest in den Arm, bevor sie ebenfalls einstieg. »Wofür war das denn?«,

wollte Hannah wissen. »Wir sehen uns doch in einer halben Stunde schon wieder.«

»Ich bin so stolz auf dich«, sagte Caro und strahlte sie an. »Du hast das Zeug zu einer richtig tollen Tierärztin, weißt du das?«

Hannah strahlte zurück. »Gut zu wissen«, sagte sie. »Genau das will ich nämlich werden.«

»Oh!«, staunte ihre Mutter. »Das sind ja wunderbare Neuigkeiten. Das habe ich mir so sehr gewünscht, aber ich wollte dich zu nichts drängen.«

Hannah lachte. »Du müsstest doch allmählich wissen, dass man mich sowieso zu nichts drängen kann, Mum. Ich stürze mich da schon selbst rein, Hals über Kopf – wie immer!«

Caro lachte ebenfalls. »Stimmt, ich kenne dich gar nicht anders!«

Erleichtert und einfach nur glücklich stieg Hannah zu ihren Freundinnen ins Auto und machte es sich auf der Rückbank bequem.

Lisa grinste ihre Freundin breit an: „War das eine rührende Szene! Und wer hatte da noch Zweifel, einmal eine ganz großartige Tierärztin werden zu können wir ihre Mutter? Ich glaube, das hat sich erledigt, oder Hannah?“

„Ich bin einfach nur froh, dass es Princess wieder besser geht und natürlich war es umwerfend meiner Mutter helfen zu können. Aber jetzt freuen wir uns auf die Eröffnung von Emilys Pferdesalon Morgen früh. Ich bin schon ganz aufgeregt, ihr?“

Die Freundinnen nickten bestätigend. Alle freuten sich auf die Ereignisse des nächsten Tages.

Mission erfüllt!

Um halb zwölf am nächsten Morgen hatten Emily, Tom und die Horse Club-Mädchen bereits fast alle Vorbereitungen für die große Eröffnung des *Mane and Tail* abgeschlossen, die um zwölf Uhr stattfinden sollte. Sofia war extra früh aufgestanden und hatte ein Schild entworfen, das Tom an die Wand genagelt hatte. Die Fassade des Cafés hatte sie gemeinsam mit Sarah mit bunten Girlanden geschmückt.

Lisa und Hannah waren ebenfalls schon früh zum Café geritten und hatten die Flyer abgeholt, die Emily selbst gestaltet und ausgedruckt

hatte. Sie waren den ganzen Morgen damit beschäftigt gewesen, durch das Dorf und zu den umliegenden Farmen und Reitställen zu reiten, um sie zu verteilen und allen von der Eröffnung zu erzählen. Als sie wieder am *Cups and Saddles* eintrafen, stellten Sarah und Sofia gerade die Tabletts mit den kostenlosen Cupcakes und Smoothies für die Gäste draußen auf die Tische. Sarah und Sofia warfen einen Blick auf Storm und Cayenne und prusteten vor Lachen.

»Was ist denn so lustig?«, wollte Hannah neugierig wissen.

»Eure Pferde!«, japste Sofia. »Ihr seid wirklich die perfekten Vorführmodelle für den Salon! Da weiß man gleich, warum er hier dringend gebraucht wird.«

Im selben Moment fuhr ein Lieferwagen vor. Emily eilte aus dem Café, um den Fahrer zu begrüßen. Er öffnete die Seitentür und begann, Kisten auszuladen.

Emily kam aufgeregt zu den Mädchen gerannt. »Ihr werdet nicht glauben, was passiert ist!«, rief sie. »Mr Michaels hat uns eine Spende geschickt: brandneues Striegelzubehör für das *Mane and Tail*!«

Die Horse Club-Mädchen tauschten erstaunte Blicke und Hannah flüsterte: »Gut gemacht, Tori.«

»Was sie über die Bürgermeisterin gesagt hat, hat anscheinend gewirkt«, bemerkte Lisa.

»Mr Michaels will sich als Wohltäter für das *Mane and Tail* präsentieren.«

Sarah und Sofia halfen Emily, die Kisten zum Striegelplatz zu tragen, während Hannah und Lisa Storm und Cayenne in zwei der Boxen festbanden. Gemeinsam öffneten sie die Kisten und jubelten begeistert über die nagelneuen Heunetze, die erstklassigen Bürsten und das stabile Sattelgestell.

Tom blickte ihnen grinsend über die Schultern. »Ich baue das sofort für euch auf«, sagte er und schnappte sich das Sattelgestell.

Emily zog Hannah, Lisa, Sofia und Sarah in eine feste Umarmung. »Vielen Dank für eure Hilfe«, sagte sie. »Ihr seid die Besten!«

»Keine Ursache!«, erwiderte Hannah. »Wir helfen gern. Wir sind schließlich –« Lisa knufftc sic gcrade noch rechtzeitig in die Rippen, bevor sie »der Horse Club« sagen und ihr Geheimnis verraten konnte. »Wir sind

schließlich ... äh ... hilfsbereit«, beendete sie den Satz stattdessen.

Eine Gruppe von Besuchern steuerte auf das Café zu. Emily warf einen Blick auf die Uhr. »Pünktlich auf die Minute«, sagte sie. »Die Eröffnungsfeier kann beginnen!«

Schon kurz darauf wimmelte es vor dem Café nur so von Gästen, die das *Mane and Tail* bewunderten und sich Toms Cupcakes, die hufeisenförmigen Kekse und den Apfel- und Karottensaft schmecken ließen. Hannahs und Lisas Vorführung des Pferdesalons verlief mit Sofias und Sarahs Hilfe planmäßig und begeisterte alle. Vor allem, als sich Cayenne im Wasserschlauch verfing und Hannah komplett nass spritzte!

Alle klatschten und jubelten, als Cayenne und Storm am Ende wieder strahlend sauber aussahen. Während Emily ein paar Worte an die Gäste richtete, entdeckte Hannah Mr

Michaels. Er stand ganz hinten und unterhielt sich mit der Bürgermeisterin. Tori stand neben ihm, blass und müde von der langen Nacht, aber mit einem glücklichen Lächeln auf dem Gesicht.

»Vielen Dank, dass Sie alle so kurzfristig gekommen sind«, begann Emily ihre kurze Rede. »Und vielen Dank an Tom, Hannah, Lisa, Sarah und Sofia für all ihre Hilfe.« Erneut klatschten alle. »Mein besonderer Dank gilt außerdem Mr Michaels für seine unglaublich großzügige Spende«, fügte sie hinzu und winkte in seine Richtung.

Alle drehten sich zu ihm um und seine Brust schien vor Stolz förmlich anzuschwellen. Er sah dadurch sogar noch eingebildeter und selbstverliebter aus als sonst. Auch für ihn brandete Applaus auf und die Bürgermeisterin wirkte sehr beeindruckt. »Und natürlich möchte ich ihm auch dafür danken, dass er so großzügig für das Essen und die Getränke aufkommt, die wir heute hier genießen können«, endete Emily schließlich.

Mr Michaels wirkte ein wenig erbost über Emilys kleinen Trick. Aber als die anderen Gäste ihn erneut bejubelten, kehrte das Lächeln auf sein Gesicht zurück. Emily kicherte und flüsterte den Mädchen zu: »Ich konnte einfach nicht widerstehen.«

Eine halbe Stunde später machten sich die meisten Gäste bereits wieder auf den Heimweg. Endlich konnten sich auch die vier Freundinnen eine Pause gönnen. Sie hatten so viel zu tun gehabt, dass gar keine Zeit geblieben war, sich selbst an Toms köstlichen Snacks zu

bedienen. Also schnappten sich alle ein paar Leckereien, setzten sich gemeinsam an einen der Tische und genossen den herrlichen Sonnenschein.

»Das war unglaublich!«, freute sich Sofia. »Darüber sollten wir unbedingt etwas in unser geheimes Tagesbuch schreiben!«

»Auf jeden Fall«, stimmte Sarah ihr zu. »Und wir sollten aufschreiben, was mit Princess passiert ist. Du hast das wirklich richtig gut gemacht, Hannah. Du wirst mal eine fantastische Tierärztin!«

»Die beste!«, riefen Lisa und Sofia wie aus einem Mund.

Im selben Augenblick bemerkten die Mädchen Tori. »Wie geht's Princess?«, rief Lisa ihr zu.

»Gut, danke«, rief sie zurück.

»Wir haben gerade gesagt, dass Hannah bestimmt mal eine hervorragende Tierärztin wird«, fügte Sarah hinzu.

Tori schnaubte herablassend. »Na, wenn ihr meint«, sagte sie. »Irgendwann vielleicht. Falls sie sich wirklich anstrengt.« Und dann zog sie mit hoch erhobener Nase von dannen.

Hannah blickte ihr mit heruntergeklappter Kinnlade nach. »Gestern Abend hat sie noch gesagt, dass ich sicher eine großartige Tierärztin werde!«

Sarah lachte. »Typisch Tori!«, fand sie. »Wir hätten wahrscheinlich wissen müssen, dass sie wieder ganz die Alte wird, wenn es Princess erst besser geht.«

Hannah grinste. »Das ist mir egal«, erklärte sie. »Ich brauche Toris Zustimmung nicht. Ich weiß jetzt, dass ich es schaffen kann – und das ist alles, was zählt. Ich werde auf jeden Fall Tierärztin!«

»Und wir unterstützen dich dabei«, versicherte Sofia.

Die Mädchen schauten sich um und vergewisserten sich, dass Tori wirklich nicht mehr in der Nähe war. Dann strahlten sie einander an und riefen: »Hoch lebe der Horse Club!«

Horse Club-Regeln

1. Wir versprechen, uns immer um unsere Pferde und die unserer Freunde zu kümmern.
2. Horse Club ist ein Geheimnis! Das gilt auch für unseren Wohnwagen im Wald.
3. Wir versprechen, immer Menschen, Pferden und anderen Tieren in Not zu helfen.
4. Wir werden niemals uns selbst oder andere in Gefahr bringen.
5. Wir bleiben für immer Freunde.

Noch mehr Abenteuer mit den Horse Club-Mädels

Das Geheimnis um Lakeside
€ 8,99 (D) / € 9,30 (A)
ISBN 978-3-96080-156-6

Die vier Freundinnen Hannah, Lisa, Sarah und Sofia lieben ihre Pferde über alles und der Lakeside Reiterhof ist ihr zweites Zuhause. Als die vier auf dem Dachboden eine versteckte Kiste mit alten Fotos und einer Karte von Lakeside finden, haben sie eine Idee ...

Turnierträume
€ 8,99 (D) / € 9,30 (A)
ISBN 978-3-96080-157-3

Lisa will auf Storm bei einem großen Turnier alle begeistern. Doch erst macht ihre Rivalin Tori Lisa das Leben schwer, dann scheint etwas mit dem Trainingsplänen nicht zu stimmen. Ein klarer Fall für den Horse Club! Können die Freundinnen Lisa helfen, alle Hindernisse zu überwinden?

Spuren im Wald
€ 8,99 (D) / € 9,30 (A)
ISBN 978-3-96080-158-0

Hofkatze Vanilla ist verschwunden. Die Horse Club-Freundinnen dürfen keine Zeit verlieren, denn Vanillas Junge können jeden Moment da sein. Eine Spur führt die Mädchen und ihre Pferde ins Cups and Saddles-Café. Was es wohl mit dem Kreuz auf ihrer Horse Club-Karte auf sich hat, das sich dort befindet?

Der große Tag
€ 8,99 (D) / € 9,30 (A)
ISBN 978-3-96080-159-7

Die jährliche Spenden-Show auf dem Lakeside Reiterhof steht kurz bevor. Für Sofias Pferd Blossom ist ein großer Auftritt vorgesehen. Doch Blossoms Besitzerin hat andere Pläne, sodass die Stute nicht teilnehmen kann. Schaffen es Sofia, Hannah, Lisa und Sarah, dass die Show trotzdem ein Erfolg wird?

Das Stickerbuch für Horse Club-Fans

Stickerbuch für Pferdefreunde
€ 5,99 (D) / € 6,20 (A)
ISBN 978-3-96080-155-9

Ob auf der Koppel, in den Ställen von Lakeside oder dem geheimen Treffpunkt der vier Mädchen, dem alten Wohnwagen – überall darf geklebt und dekoriert werden. Die 200 Sticker können mehrfach verwendet werden und passen überallhin, wo Selbstgestalten Spaß macht.